BIBLIOTHÈQUE MORALE

DE

LA JEUNESSE

PUBLIÉE

AVEC APPROBATION

ED. MOULINET. DEL.   E. ROUSSEAU. SC.

Mon Dieu, guérissez mon frère !

LA

JALOUSIE

PAR C. F.

ROUEN

MÉGARD ET Cⁱᵉ, LIBRAIRES-ÉDITEURS

1863

Propriété des Editeurs,

Avis des Éditeurs.

———

Les Éditeurs de la **Bibliothèque morale de la Jeunesse** ont pris tout à fait au sérieux le titre qu'ils ont choisi pour le donner à cette collection de bons livres. Ils regardent comme une obligation rigoureuse de ne rien négliger pour le justifier dans toute sa signification et toute son étendue.

Aucun livre ne sortira de leurs presses pour entrer dans cette collection, qu'il n'ait été au préalable lu et examiné attentivement, non-seulement par les Éditeurs, mais encore par les

personnes les plus compétentes et les plus éclai-
rées. Pour cet examen, ils auront recours parti-
culièrement à des Ecclésiastiques. C'est à eux,
avant tout, qu'est confié le salut de l'Enfance,
et, plus que qui que ce soit, ils sont capables de
découvrir ce qui, le moins du monde, pourrait
offrir quelque danger dans les publications des-
tinées spécialement à la Jeunesse chrétienne.

Aussi tous les Ouvrages composant la **Bibliothèque morale de la Jeunesse** sont-ils revus
et approuvés par un Comité d'Ecclésiastiques
nommé à cet effet par MONSEIGNEUR L'ARCHE-
VÊQUE DE ROUEN. C'est assez dire que les écoles
et les familles chrétiennes trouveront dans notre
collection toutes les garanties désirables, et que
nous ferons tout pour justifier et accroître la
confiance dont elle est déjà l'objet.

LA JALOUSIE.

Fanny Maujean n'avait que dix-
huit mois, quand son père, alors
lieutenant d'artillerie, reçut l'ordre
de partir pour l'Algérie. Mme Maujean déclara qu'elle suivrait son
mari, et ne voulut point écouter
les raisons qu'on allégua pour l'en
détourner. Son père et sa mère,
qui l'aimaient uniquement, fu-
rent très-affligés de cette résolu-
tion ; mais ils eurent le courage
de lui dire qu'elle faisait son devoir. Seulement, ils la prièrent

de leur laisser la petite Fanny, pour que son départ ne causât pas un si grand vide autour d'eux. L'enfant était d'ailleurs assez délicate, et le médecin de la famille ayant dit qu'un changement de climat pourrait lui être nuisible, Mᵐᵉ Maujean n'insista plus pour l'emmener.

Toutefois, ce fut avec une profonde douleur qu'elle se sépara de sa chère petite fille ; et quoiqu'elle sût que les soins les plus tendres lui seraient prodigués, elle fit à sa mère mille recommandations, concernant la santé de Fanny et sa première éducation.

— Parlez-lui souvent de son père et de moi, dit-elle en l'embrassant pour la dernière fois, afin que quand vous nous la rendrez, nous ne soyons pas des étrangers pour elle.

— Sois tranquille, ma fille, répondit la bonne grand'mère; chaque jour elle priera Dieu pour vous; et dès qu'elle pourra me comprendre, je lui promettrai, comme la meilleure des récompenses, le bonheur de vous rejoindre bientôt.

M. Maujean ne pensait rester en Afrique que deux ou trois ans; cet espoir adoucit un peu l'amertume des larmes versées de part et d'autre. On s'était promis de s'écrire souvent, on tint parole, et dans toutes ces lettres venant de France ou parties d'Alger, la petite Fanny tenait une large place. La grand'maman semblait tenir note de tout ce qu'elle disait, de tout ce qu'elle faisait, pour en entretenir Mme Maujean, que ces détails intéressaient plus que n'auraient pu le faire d'importantes nouvelles.

Le jour où Fanny put, en se laissant guider la main, tracer sur une de ces lettres les mots : « Je vous aime, » fut un véritable jour de fête pour la bonne aïeule ; mais la lecture de ces trois mots causa à M. et à Mme Maujean des transports de joie mêlés de larmes.

Si les enfants savaient combien ils sont aimés, combien leurs parents pensent à eux et se préoccupent de leur bonheur, ils répondraient à cette tendresse si grande et si dévouée par une reconnaissance extrême et par une entière docilité.

Deux ans après avoir quitté la France, Mme Maujean mit au monde un petit garçon ; mais elle n'oublia pas pour cela sa chère Fanny. Elle la regrettait même encore davantage ; car chaque fois qu'elle embrassait son fils, elle eût voulu pouvoir donner les mêmes caresses à sa fille.

Fanny grandissait, et tout ce que la grand'mère disait de sa gentillesse, de sa raison précoce, de son esprit, de son bon cœur, inspirait à son père et à sa mère un vif désir de la revoir. Ce désir perçait tellement dans toutes leurs lettres, que la bonne aïeule se mit en route avec elle pour l'Algérie.

Quelle surprise et quel bonheur pour Mme Maujean lorsqu'elle vit arriver sa mère et sa fille; sa mère encore forte et bien portante, sa fille plus grande, plus belle, plus intelligente qu'elle ne croyait la trouver. Le lieutenant n'était pas à Alger; mais à la nouvelle de la joie qui l'y attendait, il demanda la permission de s'y rendre, et il fut peut-être encore plus émerveillé que sa femme du changement qui s'était opéré dans la petite Fanny.

— Je crois bien, dit-il à sa belle-mère, que nous vous laisserons repartir seule.

La vieille dame savait bien qu'en retrouvant Fanny, le père et la mère voudraient la garder; et quoiqu'elle se fût attachée à cette enfant plus peut-être qu'à sa propre fille, elle était décidée à s'en séparer, si M. et Mme Maujean réclamaient d'elle ce sacrifice.

— Nous né vivrons pas toujours, disait-elle à son mari; et si Fanny reste avec nous, elle se trouvera seule au monde quand nous n'y serons plus; elle ne connaîtra pas assez son père et sa mère pour les aimer, et eux-mêmes ne pourront pas tenir à elle autant qu'à leur second enfant. Donc la meilleure preuve d'affection que nous puissions donner à la chère petite, c'est de la rendre à ses parents.

Mᵐᵉ Maujean pensait absolument de même, et elle se réjouit de voir sa mère si raisonnable et si dévouée. Elle reconnut encore mieux la nécessité de garder Fanny, quand elle vit que la petite fille recevait ses caresses avec une certaine contrainte et ne se montrait à l'aise qu'avec sa bonne maman.

— Veux-tu rester toujours avec nous, ma chérie? lui demanda-t-elle un jour.

— Je le veux bien, si maman Denis y reste aussi et que bon papa y vienne.

— Cela ne se peut pas, mon enfant, répondit l'aïeule. Bon papa est trop souffrant pour entreprendre un si long voyage; et comme il a besoin de moi pour le soigner, il faudra que je reparte bientôt.

— Je repartirai avec toi, dit Fanny d'un ton résolu.

— Non, chère petite, tu resteras avec ton père et ta mère, jusqu'à ce qu'ils reviennent eux-mêmes en France, ce qui ne sera pas long.

— Je n'ai pas d'autre père que papa Denis; je n'ai pas d'autre mère que toi. Je veux demeurer toujours avec vous, là-bas, dans notre maison. Ce n'est pas ici chez nous.

—Comment, Fanny, dit Mme Maujean, tu ne veux pas que je sois ta mère?... Tu ne m'aimes donc pas, mon enfant?

— Je t'aime, répondit Fanny, en lui voyant les larmes aux yeux; mais j'aime encore mieux maman Denis.

— Si tu restes avec nous, dit M. Maujean, nous te donnerons tout ce que tu voudras : des bonbons, des jouets, des poupées plus grandes que toi, et de jolis ménages auxquels il ne manquera rien du tout.

—J'aime bien les bonbons, les jouets, les grandes poupées et les jolis ménages; mais j'aime encore mieux papa et maman Denis, notre vieille Marguerite et notre gros Médor, dit Fanny. Je suis sûre qu'on s'ennuie après moi chez nous, et je voudrais m'en aller bientôt.

— Ainsi, cela ne te ferait pas de peine de nous quitter, ta mère, ton frère et moi? demanda encore M. Maujean.

— Oh! si, cela me fera de la peine; je serais bien contente, si vous veniez avec nous; mais je ne veux pas rester. Quand partirons-nous, grand'maman ?

— Chut ! dit Mme Denis, il ne faut pas être si pressée, ma petite Fanny ; tu vas faire pleurer ta maman Louise.

—Ne pleure pas, maman Louise, je t'en prie, dit Fanny, en s'approchant de Mme Maujean, et en lui caressant les joues de ses petites mains. Quand tu viendras demeurer avec nous, en France, je t'aimerai de tout mon cœur. Je te donnerai ma belle petite chambre, mon lit neuf, mon gros bébé, et j'irai te cueillir tous les jours les plus jolies fleurs du jardin.

— Et à moi, que me donneras-tu ? demanda l'officier, pendant que Mme Maujean, vivement émue, couvrait de baisers le front de sa fille.

— Je te donnerai le grand sabre

de papa Denis, et je lui dirai de te prêter Médor, quand tu voudras aller à la chasse.

— Que ne pouvons-nous partir demain tous ensemble! dit Mme Denis. Si vous le demandiez, mon ami..., ajouta-t-elle en s'adressant à son gendre. Le bonheur vaut mieux que l'avancement.

— Y pensez-vous, ma mère? répondit M. Maujean. Que dirait-on de moi, si je voulais quitter mon drapeau à la veille d'une expédition?

— Après celle-ci il y en aura une autre, et toujours ainsi, reprit tristement Mme Denis. Qui sait si nous serons jamais réunis? Enfin, que la volonté de Dieu soit faite!

Quoique Fanny eût nettement refusé de rester à Alger, la bonne maman fit en secret ses préparatifs de départ. Elle savait que les enfants sont oublieux, et elle comptait que si Fanny pleurait en apprenant un matin, à son réveil, que sa grand'mère était déjà loin sur la route de France, ses larmes ne tarderaient pas à se sécher.

Elle était donc décidée à partir la nuit, sans lui dire adieu, quand elle reçut une lettre de son mari.

La santé de M. Denis était devenue très-mauvaise; il n'avait plus ni gaîté, ni appétit ni sommeil; il ne souffrait pas beaucoup, mais il pouvait à peine se lever; et pour écrire les quelques lignes qu'il adressait à sa femme, il avait été obligé de s'y reprendre par trois fois. Il attribuait ce changement à l'ennui qu'il éprouvait de se trouver seul et surtout à la pensée de ne plus revoir sa petite Famy.

« Il est certain, disait-il, que je

ne la reverrai plus, si tu ne la ramènes pas, quand même elle devrait revenir dans deux ou trois mois ; car je ne vivrai pas jusque-là. »

Cette lettre, qui n'exagérait en rien la position du grand-papa, eut sur les résolutions de toute la famille l'influence qu'elle devait avoir.

Mme Denis fixa son départ au lendemain, et ses enfants la prièrent eux-mêmes d'emmener Fanny.

La petite fille embrassa gaîment son père, sa mère et son frère, en leur disant adieu ; elle était si heureuse de partir, que, malgré les recommandations de sa grand'mère, elle ne songeait pas à cacher sa joie. Ni les caresses de ses parents, ni les surprises qu'ils lui avaient faites, ni les cadeaux dont ils l'avaient comblée n'avaient pu

lui faire oublier son papa Denis;
et quand elle reconnut de loin, sur
la route, le clocher de l'église
voisine de la maison où elle avait
été élevée, son cœur battit d'une
émotion qu'on n'éprouve guère à
son âge.

Le grand-père, informé de l'arrivée de sa femme et de sa petite
fille, s'était levé pour les recevoir;
car il ne voulait pas les effrayer en
leur faisant voir tout de suite combien il était malade; mais il avait
tellement changé, que Fanny le
remarqua.

— Comme tu es pâle, bon papa,
lui dit-elle, en l'embrassant, et
comme tes mains sont devenues
longues et sèches!

— Ce n'est rien, mon enfant,
répondit-il. Te voilà, je serai
bientôt guéri.

Mais M. Denis se trompait:

malgré les soins de sa femme, malgré les attentions de Fanny, qui ne le quittait presque pas, sa position s'aggrava chaque jour; et six semaines après leur retour en France, il mourut en bénissant sa chère petite-fille.

En annonçant cette triste nouvelle à M. et à Mme Maujean, Mme Denis leur promettait d'aller bientôt se fixer auprès d'eux ; mais la Providence en avait décidé autrement : elle tomba malade de chagrin, et on l'enterra quinze jours après son mari.

Fanny la pleura de tout son cœur, et l'arrivée de M. Maujean, qui venait la chercher, redoubla son chagrin au lieu de l'apaiser. Elle ne voulait quitter ni la maison, ni Marguerite ni Médor, et pour la décider, il fallut que son père emmenât la vieille bonne et le gros chien, ses deux amis d'enfance.

Beaucoup d'enfants sont aussi sensibles que Fanny ; mais presque tous ont le caractère moins sérieux ; la petite fille comprenait la grandeur de la double perte qu'elle venait de faire, elle y pensait sans cesse et elle ne se consolait pas. Elle revit pourtant sa mère avec un élan de plaisir ; mais presque aussitôt elle lui dit en pleurant :

— Je n'ai plus que toi pour mère, maman Louise. M'aimeras-tu comme m'aimait maman Denis ?

Mme Maujean la serra dans ses bras, et leurs larmes se confondirent.

Plusieurs mois se passèrent. Fanny paraissait s'habituer à sa nouvelle famille ; cependant elle était encore triste, et souvent, au lieu de jouer, elle demeurait assise des heures entières, dans l'attitude de la rêverie ; et quand sa mère luí demandait à quoi elle pensait, elle répondait :

— Je pense à papa et à maman Denis, qui sont dans le cimetière là-bas, et que je ne verrai plus jamais.

— Mais si, ma chère petite, tu les reverras, si tu es sage et bonne, car ils sont auprès du bon Dieu, dans le paradis. Ils y sont bien heureux, et il ne faut plus pleurer en pensant à eux, parce que cela pourrait leur faire de la peine. Il faut être gaie comme les autres enfants, il faut étudier, il faut jouer, il faut aimer ton papa, ta maman, comme tu aimais papa et maman Denis.

On ne pouvait blâmer Fanny du tendre souvenir qu'elle conservait à ses grands parents ; mais cette extrême sensibilité alarmait sa mère et pouvait réellement altérer sa santé. Il y avait encore une chose qui inquiétait Mme Maujean : il lui semblait que Fanny manquait de complaisance et d'affection pour son petit frère.

C'était un charmant enfant, dont les blonds cheveux, les joues roses et le frais sourire faisaient plaisir à voir. Il était bruyant, causeur, caressant, et son caractère paraissait devoir être tout différent de celui de sa sœur. Il aimait Fanny et la lutinait sans cesse ; mais elle semblait à peine s'en apercevoir, et il n'obtenait d'elle que de rares et froids baisers. Elle ne le contrariait pas, elle ne lui faisait pas de mal ; au contraire, elle lui donnait ce qu'il demandait, elle veillait à ce qu'il ne s'approchât pas trop du feu, de la fenêtre ou de l'escalier ; mais elle eût sans doute fait tout cela pour un enfant étranger.

Léon (c'était le nom du petit frère) occupait beaucoup Mme Maujean. Il était un peu capricieux, un peu turbulent, mais si bon, qu'on ne pouvait être bien sévère à son égard. On le grondait souvent, on le punissait quelquefois; mais il promettait si bien d'être sage et de ne plus jamais rien faire de mal, qu'il était impossible de lui refuser le pardon et les caresses qu'il demandait.

Il aimait à s'asseoir sur les genoux de sa mère, et elle avait conservé l'habitude de l'y endormir, comme quand il était tout petit, et souvent il s'y faisait longtemps câliner avant de fermer les yeux. Fanny l'examinait du coin de l'œil, et elle pensait que depuis la mort de sa grand'mère, elle ne s'était pas endormie, bercée par deux bras caressants.

Cela était vrai, mais à qui la faute? Fanny se tenait à l'écart; elle obéissait à sa mère; mais elle n'avait pas pour elle ces tendres prévenances, ces bonnes paroles qui s'échappent d'un cœur plein d'amour. Puis, Fanny ne savait pas que dans toutes les familles les caresses, les chatteries et les petits soins appartiennent au dernier enfant, et elle se disait que Léon était bien heureux d'être tant aimé.

Son caractère devenait chaque jour plus froid et plus morose; elle parlait peu et seulement quand on l'interrogeait; elle eût passé une journée près de sa mère sans trouver un mot à lui dire, si Mme Maujean n'eût pas fait elle-même tous les frais de la conversation.

— N'as-tu donc jamais rien à

me raconter, Fanny? lui disait quelquefois la bonne mère.

— Que pourrais-je te raconter, maman? répondait-elle. Je ne sais rien du tout, et tu sais que je ne sors pas sans toi.

— Mais les petites têtes comme la tienne travaillent continuellement; tu pourrais me dire les idées qui te traversent l'esprit, même quand elles ne seraient pas bien raisonnables. Enfin tu n'es pas sans désirer quelque chose, un jouet, un beau livre, une jolie robe, ou sans rêver à quelque partie de plaisir; pourquoi donc ne me demandes-tu jamais rien? Est-ce que tu n'oses pas me parler?

— Pardon, maman; mais....

— On dirait que tu as peur de moi, mon enfant.

— Oh! non, maman, je n'ai

pas peur. Je sais bien que tu m'aimes.

— En es-tu vraiment bien persuadée, Fanny?

— Mais oui, maman.

— S'il en est ainsi, ma fille, aie confiance en moi, dis-moi librement tout ce que tu penses, et demande-moi tout ce que tu veux.

— Merci, maman, tu me donnes tout ce qu'il me faut.

— Mais vois ton frère, n'a-t-il pas aussi tout ce qu'il lui faut? Cependant il a toujours mille fantaisies à satisfaire. Il me tourmente, il m'obsède, je le chasse, il revient....

— Mon frère est un enfant gâté. Que dirais-tu, si j'étais aussi exigeante que lui?

— Je me fâcherais quelquefois; mais du moins je saurais que tu m'aimes autant que tu me crains.

Le plus grand plaisir de Fanny était de se trouver seule avec sa vieille bonne. Elle causait alors; et si elle n'avait rien à dire à sa mère, elle avait plus d'une confidence à faire à Marguerite.

Marguerite était une brave fille; elle avait fidèlement servi M. et Mme Denis; elle avait élevé Fanny, et jamais on n'avait eu le moindre reproche à lui adresser; mais elle avait l'esprit borné, et quand elle s'était mis quelque chose en tête, elle n'y renonçait pas facilement.

Persuadée que le voyage de Mme Denis avait causé la mort de cette bonne maîtresse et celle de son mari, elle détestait l'Algérie et elle étendait cette rancune jusqu'à M. et Mme Maujean. Elle avait pour Fanny une tendresse aveugle;

elle se figurait qu'il ne pouvait exister une enfant plus belle, plus spirituelle, plus aimable ; et quand elle la voyait triste et silencieuse, elle regrettait le temps où elle l'avait connue rieuse et folle.

— La pauvre petite a eu bien du malheur de perdre ceux qui l'aimaient tant ! se disait-elle, sans penser que cette phrase renfermait un reproche à l'adresse de ses nouveaux maîtres.

Un jour que, selon son habitude, Fanny lui parlait de sa grand'mère, elle lui dit ce qu'elle se répétait depuis longtemps.

— Tu as raison, Marguerite, répondit Fanny ; il n'y a plus personne qui m'aime à présent.

— Et moi donc, Fanny ? reprit la vieille bonne.

— Oh ! toi, je sais bien que tu m'aimeras toujours ; mais papa et maman !...

— Ton papa et ta maman t'aiment aussi, dit Marguerite; mais ils ne peuvent pas t'aimer comme si tu ne les avais jamais quittés.

— Tu penses donc qu'ils aiment mieux mon frère que moi?

— Non, je ne dis pas cela; mais ils l'ont élevé ce petit; ils l'ont vu grandir jour par jour, heure par heure; il a eu toutes leurs caresses, puisque tu n'étais pas là.... On dit bien chez nous que ça ne vaut rien de laisser les enfants chez leur grand-père; ils ont beau revenir après, ils ne sont jamais de la famille.

Ces imprudentes paroles, qui répondaient si bien aux idées de Fanny, se gravèrent dans son esprit. Elle se persuada qu'elle n'était pas aimée de ses parents, qu'elle ne le serait jamais, quoi qu'elle pût faire, et elle devint réellement jalouse de son frère.

Mme Maujean ne parlait jamais à sa fille qu'avec la plus grande douceur; quand elle était forcée de la reprendre, elle prenait des précautions infinies pour ménager son petit amour-propre; elle lui cherchait elle-même des excuses; ainsi elle lui disait : « Fanny, tu as fait ceci ou cela, parce que tu ne croyais pas mal faire; mais à l'avenir, tu le sauras, mon enfant, et tu te conduiras tout autrement. » Fanny aurait dû remercier cette bonne mère et lui promettre de profiter de ses conseils; mais si douces que fussent ces réprimandes, elle en était blessée, et elle s'éloignait ou elle baissait les yeux sur son livre, son ouvrage ou ses cahiers, sans répondre un seul mot. Alors, elle se disait tout bas :

— Quel malheur que grand'maman soit morte ! Elle ne me grondait jamais ; car elle trouvait bien tout ce que je faisais.

Fanny ne se rappelait pas ou ne voulait pas se rappeler que bien souvent Mme Denis lui avait adressé des observations , qu'il lui était même arrivé plus d'une fois de se montrer sévère ; elle ne voulait pas se rappeler non plus que son caractère n'était pas le même du temps de sa grand'mère , qu'elle était douce , aimante , empressée à lui plaire , tandis qu'elle répondait par une maussaderie continuelle aux soins affectueux de ses bons parents.

M. Maujean, qui ne revenait à Alger que de temps à autre , s'apercevait de ce changement.

— Qu'a donc Fanny ? demandait-il à sa femme. Vraiment je ne

la reconnais plus. Quand sa grand'-
mère nous l'a amenée, c'était une
charmante enfant ; elle ne nous
connaissait pas et elle nous disait
mille choses gentilles ; elle paraissait avoir un bon cœur, elle promettait d'avoir de l'esprit, elle
avait de beaux yeux, pleins de
gaîté et de franchise ; maintenant
elle a l'air gauche et rechignée,
elle parle à peine et elle est
presque laide. Cela se passera,
mon ami, répondait Mᵐᵉ Maujean,
à mesure qu'elle s'habituera à son
nouveau genre de vie, elle retrou-
vera sa bonne humeur et sa gentillesse.

Mais le temps s'écoulait, et cette
espérance ne se réalisait pas.
Fanny, qui n'avait d'abord été que
maussade, devint susceptible ; elle
fondait en larmes à tout propos,
et au moindre petit reproche qu'on

lui adressait, elle perdait l'appétit pour plusieurs jours. Il fallait que Mᵐᵉ Maujean aimât beaucoup cette ingrate enfant pour continuer à la traiter avec la plus patiente bonté, et pour fermer souvent les yeux sur sa maligne conduite.

M. Maujean, moins maître de lui-même, s'emportait quelquefois; alors la tristesse de Fanny redoublait; pendant des semaines entières on avait peine à lui arracher un mot, et elle devenait si pâle, qu'on eût dit qu'elle était malade. Dans ces moments-là, elle se réfugiait le plus qu'elle pouvait auprès de Marguerite; elle lui racontait les injustices dont elle se prétendait la victime; et la vieille bonne la plaignait, pleurait avec elle et finissait par répéter :

— Ah! si ma pauvre maîtresse vivait encore, tout cela n'arriverait pas.

Fanny ne se faisait jamais gronder pour sa paresse; elle était même très-studieuse, et Mme Maujean, qui comptait toujours gagner sa tendresse à force de bonté, ne laissait jamais échapper l'occasion de la louer ou de la récompenser; mais il était rare que Fanny en témoignât le moindre plaisir. Elle ne voyait pas toutes les attentions qu'on avait pour elle, tous les ménagements avec lesquels on la traitait; mais si l'on adressait une parole affectueuse à Léon, elle le remarquait, et il lui semblait qu'elle lui était volée.

Pourtant on ne pouvait s'empêcher d'aimer ce petit garçon si vif, si gai, si jaseur, qui seul faisait la joie de la maison, et qui paraissait d'autant plus aimable que sa sœur l'était moins. Fanny ne jouait jamais avec lui; et quand il l'en priait, elle lui répondait qu'elle était trop grande ; et lorsqu'il insistait, elle l'engageait sèchement à la laisser tranquille.

— Ne tourmente pas ta sœur, disait Mme Maujean, lorsqu'elle était témoin du chagrin de Léon et de l'entêtement de Fanny. Viens, nous jouerons ensemble.

— Mais tu es encore plus grande que Ninie, répondait naïvement le petit garçon, pourquoi donc me refuse-t-elle ?

— C'est qu'elle n'est pas disposée à s'amuser aujourd'hui.

— Elle ne l'est donc jamais, puisqu'elle me répond toujours de même ?

— Tu entends, Fanny, ce que dit ton frère, reprenait Mme Maujean. Sois un peu plus complaisante pour lui ; se prêter aux jeux des petits enfants, c'est la preuve

d'un bon caractère et d'un bon
cœur.

La partie commençait alors entre
Mme Maujean et son fils, sans que
Fanny vînt s'y mêler, sans même
qu'elle eût l'air d'y prendre garde ;
mais quoiqu'elle eût les yeux fixés
sur son livre ou sur sa tapisserie,
rien ne lui échappait ; elle eût pu
dire combien de fois Léon avait
embrassé sa mère, avec quel em-
pressement ces caresses avaient
été rendues, et les joyeux éclats
de rire du petit garçon lui don-
naient envie de pleurer.

Un jour qu'elle paraissait être
de meilleure humeur qu'à l'ordi-
naire, parce que son père lui avait
fait cadeau d'un beau livre plein
d'images, Léon vint la prier de les
lui montrer.

— Non, dit-elle, tu voudrais y
toucher et tu les déchirerais.

— Je te promets de n'y pas toucher du tout, répondit l'enfant. Tiens, je vais m'asseoir près de toi, tu tourneras les feuillets, et je regarderai la même image tout le temps que tu voudras.

Fanny avait grande envie de refuser, malgré cette promesse; mais elle surprit le regard de son père attaché sur elle, comme pour épier ses sentiments; elle ouvrit le livre et répondit :

— Viens donc.

Léon prit un tabouret, et se contenta d'abord de regarder et d'admirer les gravures ; mais entraîné par le plaisir, il s'oublia bientôt jusqu'à poser son doigt sur un beau soldat qu'il prétendit être le portrait de son papa.

— Vois ! s'écria Fanny, tu as fait une tache sur sa figure ; je savais bien que tu ne pourrais te tenir tranquille. Va-t'en, tu ne verras plus rien.

— Je t'en prie, ma Ninie, sois gentille, cela ne m'arrivera plus. Laisse-moi voir encore.

— Non, je n'ai pas envie d'avoir tout de suite un livre souillé.

— Je t'assure, Ninie, que je ne bougerai plus. Montre, petite sœur, c'est si beau.... Je suis sûr qu'il y a encore des soldats, et peut-être des canons.

— Qu'il y ait n'importe quoi, tu ne verras plus rien.

— Tu es bien sévère, Fanny...., dit M. Maujean.

— J'aime à conserver ce que tu me donnes, papa, répondit-elle.

— Cependant si je te demandais la grâce de Léon, tu me l'accorderais?

— Il le faudrait bien, murmura

Fanny, puisque Léon a toujours raison.

— Que veux-tu dire, ma fille ?

— Je veux dire qu'il est bien heureux, lui. On trouve que tout ce qu'il fait est bien ; on ne le gronde jamais, on l'aime tant....

— Mais oui, on m'aime, n'est-ce pas, père ? dit l'enfant, en lui sautant au cou. Il n'y a que toi, Ninie, qui ne m'aimes pas ; mais c'est égal, je t'aime bien, va, moi, et je t'aimerai encore davantage, si tu veux me montrer le reste des images.

— Plus tard, mon ami, dit M. Maujean ; va prier ta maman de t'habiller pour sortir avec moi.

— Tu vas donc m'emmener...., Quel bonheur ? Irons-nous bien loin ?

— Cela dépendra de ta sagesse. Va vite, mon enfant.

Léon sortit en sautant. Resté seul avec Fanny, M. Maujean l'appela près de lui.

— Causons un peu, Fanny, lui dit-il, en lui prenant les mains, et sois bien franche avec moi. Pourquoi as-tu dit tout à l'heure : « On ne gronde jamais Léon, on l'aime tant.... » Réponds, ma fille, je le veux.

— Je l'ai dit, parce que je le pense, balbutia Fanny, et c'est la vérité, puisque Léon l'a dit aussi.

— Sans doute, c'est la vérité, et je suis bien loin de le nier. Mais il n'y a rien d'étonnant à ce qu'un père et une mère aiment leur enfant. Pourquoi donc avais-tu l'air de nous reprocher d'aimer ton frère?

— Je ne vous le reproche pas; mais....

— Achève, Fanny. Dis-moi tout ce que tu as sur le cœur.

Fanny rougit et garda le silence.

— Eh bien ! je vais te le dire, moi, ma fille. Tu as voulu te plaindre d'être moins aimée que ton frère. Est-ce vrai ?

Fanny ne répondit pas ; mais les larmes lui vinrent aux yeux.

— Ce serait bien mal à toi, mon enfant, d'avoir une semblable pensée ; ce serait une bien grande injustice d'accuser ton père et ta mère de ne pas t'accorder toute l'affection qu'ils te doivent ; ce serait un bien gros péché d'être jalouse de ton frère. Le bon Dieu t'en punirait certainement. N'as-tu pas appris, dans l'histoire sainte, que Caïn était jaloux de son frère Abel, et que Dieu retira de dessus lui sa bénédiction, et que le mauvais esprit s'empara du cœur de Caïn, au point de l'amener à commettre un crime ? Prends donc garde, mon enfant ; et si tu veux que le bon Dieu t'aime, sois plus juste et meilleure.

M. Maujean allait sans doute continuer ; mais il entendit retentir le clairon qui l'appelait à son service, et il sortit en engageant Fanny à réfléchir à ce qu'il lui avait dit.

Fanny, rouge de honte et de dépit, alla s'enfermer en pleurant dans la petite chambre où elle couchait. Elle sanglotait si fort, que Médor, endormi sur un coussin, se réveilla, allongea ses pattes, secoua ses oreilles, et vint, d'un air caressant, poser sa tête sur les genoux de sa petite maîtresse. Il levait vers elle ses yeux pleins de douceur et d'intelligence, comme pour lui demander la cause de son chagrin ; mais Fanny ne le voyait pas.

Il fit entendre un grognement plaintif pour attirer son attention; puis, voyant ses efforts inutiles, il s'enhardit jusqu'à sauter sur le lit, près duquel Fanny était assise, puis il allongea le cou et fourra son museau dans les beaux cheveux de la petite fille.

— Laisse-moi, Médor, lui dit-elle, j'ai trop de chagrin pour vouloir jouer avec toi. A bas, Médor !

Le chien obéit; mais ce ne fut pas pour longtemps. Il appuya ses pattes de devant sur les genoux de la pauvre désolée, lui lécha les mains et leva même la tête à la hauteur de son visage.

— A bas, Médor, répéta-t-elle.

Et sa colère ne lui permettant pas d'apprécier les témoignages d'affection que lui prodiguait le bon chien, elle ouvrit la porte et

le chassa sans pitié. Médor resta
sur l'escalier jusqu'à ce que Marguerite, montant par hasard, le
fit rentrer.

La vieille bonne aperçut alors
Fanny, qui pleurait toujours.

— Qu'y a-t-il donc encore, ma
chère enfant? demanda-t-elle, en
prenant Fanny dans ses bras.

— Il y a, ma pauvre Marguerite, que je suis bien malheureuse et que je mourrai de chagrin,
cela est sûr.

— Je parie que c'est encore ce
vilain enfant qui vous a valu quelque algarade?

— Oui, c'est lui, toujours lui.
Ah! si seulement grand'maman
n'était pas morte, je partirais d'ici
tout de suite.

— Dites que nous partirions;
car le bon Dieu sait si je m'y dé-
plais dans cet affreux pays et dans

cette vilaine maison, où ma pauvre chère enfant est sans cesse persécutée. Racontez-moi donc ce qui s'est passé.

— Ah! je ne le pourrais pas, Marguerite; mais papa m'a parlé si sévèrement, que je n'oserai plus jamais le regarder en face. Il a dit que j'*étais* jalouse de mon frère, que le bon Dieu me punirait, comme il a puni Caïn, qui était jaloux d'Abel.

— Comme si c'était votre faute, si vous êtes jalouse.... Pourquoi vous en donnent-ils le sujet?

Marguerite avait laissé la porte ouverte sans y songer. Tout à coup, en relevant la tête, qu'elle tenait penchée vers Fanny, elle aperçut, dans le cadre de cette porte, Mme Maujean, pâle et immobile.

— Chut ! fit-elle, voilà vôtre maman.

Mme Maujean s'avança.

— Marguerite, dit-elle, puisque vous vous déplaisez tant dans cette maison et dans ce pays, je vais faire retenir votre place sur le bateau à vapeur qui part demain pour la France. Ma mère vous a laissé une rente de 100 écus, qui vous sera exactement payée ; et si cette rente ne vous suffit pas, vous pourrez vous adresser à moi. Je n'oublierai jamais que vous avez fidèlement servi mes parents, ni que vous avez élevé ma fille ; mais comme votre présence ne pourrait maintenant que lui être nuisible, il est bon que vous la quittiez pour quelques années. Quand elle sera devenue raisonnable, vous reviendrez, si vous voulez.

Marguerite comprit sans doute

à l'accent résolu de Mme Maujean qu'elle ne pourrait rien changer à sa décision; car, sans même essayer de se justifier, elle sortit pour aller faire ses malles. Mais Fanny se leva et courut après elle, en s'écriant qu'elle voulait partir aussi.

— Ainsi tu quitterais ton père et ta mère pour suivre Marguerite? dit Mme Maujean, d'un ton si navré, que Fanny s'arrêta consternée. Tu ne pensais pas à ce que tu disais, je le vois, mon enfant, et je te pardonne, reprit la bonne mère. Ne pleure plus, Fanny. Si tu as été malheureuse, c'est par ta faute, et par celle de Marguerite. Elle a eu grand tort de te laisser croire qu'on pût t'aimer moins que ton frère; et si tu es juste, ma fille, tu conviendras que nous avons toujours été plus indulgents pour toi que pour lui. Chasse donc ces idées qui te rendent ingrate et qui finiraient par changer ton caractère et ton cœur. Puisque tu veux qu'on t'aime, sois aimable et donne à ta famille autant d'affection que tu lui en demandes.

Fanny restait debout au milieu de la chambre, la tête baissée, sans paraître écouter ce que disait sa mère.

— Viens m'embrasser, reprit Mme Maujean, et qu'il ne soit plus question de tout ceci.

Fanny s'approcha et reçut le baiser qui lui était offert.

— Essuie tes yeux, lui dit sa mère, et fais en sorte que ton père, en rentrant, ne se doute pas de ce qui s'est passé.

Mme Maujean sortit, et Fanny, oubliant sa recommandation, se mit à pleurer de plus belle. Léon était habillé, tout prêt à partir pour la promenade, et fort impatient de ne pas voir revenir le capitaine. Il demanda à sa mère où était Fanny.

—Elle est dans sa chambre, elle a du chagrin, va la consoler, répondit Mme Maujean.

L'enfant accourut.

—Est-ce que papa t'a grondée à cause de moi, ma Ninie? lui dit-il en entrant. S'il t'a grondée, j'en suis bien fâché, va, petite sœur; il ne faut pas m'en vouloir... Une autre fois, quand tu ne voudras pas me montrer ton beau livre, je ne dirai rien du tout. Faisons la paix, Ninie, veux-tu?

En disant cela, il écartait de force les mains dont Fanny se couvrait le visage et il l'embrassait de tout son cœur.

—Viens, Ninie, reprit-il, ne

reste pas ici; papa croirait que tu boudes, et il ne serait pas content.

— Laisse-moi, répondit Fanny. J'aime mieux être ici qu'ailleurs.

— Mais non, viens en bas, je te donnerai quelque chose.

— Va-t'en, dit la petite fille, tu me tourmentes.

— Petite sœur, je t'en prie, viens auprès de maman; nous lui dirons de nous raconter une belle histoire.

En même temps il entraînait Fanny de toutes ses forces.

— Je te dis que je ne veux pas y aller, s'écria-t-elle. Ne peux-tu pas me laisser en repos?

Et elle le repoussa si violemment, qu'il trébucha sur la première marche de l'escalier et roula du haut en bas.

Il ne jeta qu'un cri, mais si perçant, si terrible, que ce cri retentit dans toute la maison, et fit accourir à la fois Mme Maujean et Marguerite.

— Ah! Jésus, mon Dieu! s'écria la vieille bonne, arrivée la première auprès de l'enfant.

L'état dans lequel se trouvait Léon justifiait cette exclamation. Le pauvre petit était demeuré sans mouvement et sans connaissance ; il s'était heurté le front contre le montant de fer qui soutenait la rampe de l'escalier, la force du coup l'avait rejeté sur le pavé, et le sang coulait en abondance des deux blessures qu'il s'était faites.

Mme Maujean le releva, le prit dans ses bras, s'assit sur la dernière marche de l'escalier, et s'efforça d'étancher le sang pendant que Marguerite courait chercher de l'eau et du vinaigre. La pauvre fille avait oublié soudain toute sa rancune contre Léon, elle n'aurait pu être plus désolée ni plus empressée, si cet accident fût arrivé à sa bien-aimée Fanny. Elle s'agenouilla près de sa maîtresse, baigna d'eau fraîche les tempes de l'enfant, lui fit respirer du vinaigre et lui en frotta le creux des mains pendant plus de dix minutes, sans qu'il donnât le moindre signe de vie.

— Cours appeler un médecin, dit Mme Maujean, dont l'inquiétude redoublait à chaque instant. Va vite, Marguerite, nous n'avons déjà que trop tardé.

— J'y vais, madame, répondit la vieille bonne. Viens prendre ma place, Fanny, ajouta-t-elle, en voyant la petite fille qui restait immobile sur l'escalier.

Fanny descendit et prit le linge

que Marguerite lui tendait; mais sa main tremblait, et elle était aussi pâle que son frère.

— Quel malheur! Fanny, dit Mme Maujean en se penchant vers elle, et en laissant tomber une larme sur son front.

— Mon Dieu! faites qu'il ne soit pas mort! s'écria Fanny.

Mme Maujean vit alors combien elle était émue; elle crut que c'était la vue du sang qui l'impressionnait, et elle lui dit avec bonté :

— Éloigne-toi, mon enfant, tu pourrais devenir malade aussi.

— Oh! maman, pardonne-moi, je t'en prie! répondit Fanny en pleurant amèrement.

— Oh! je te pardonne tout, ma fille; car je vois bien maintenant que tu aimes ton frère.

— Léon, mon petit Léon, réveille-toi ! reprit Fanny, en prenant la main glacée de l'enfant. Comme le docteur tarde à venir, mon Dieu !

Mme Maujean venait de déposer Léon sur son lit quand le docteur si impatiemment attendu arriva.

Pendant qu'il examinait l'enfant, Fanny le regardait lui-même avec une attention extrême; elle cherchait à deviner sur sa physionomie ce qu'il pensait de son frère. Bientôt, n'y tenant plus, elle le tira par son habit, et lui dit d'une voix étranglée :

— Est-ce qu'il est mort ?

— Non, répondit le docteur, il n'est pas mort, et, tenez, le voilà qui ouvre les yeux.

— Maman ! s'écria Léon, en reconnaissant Mme Maujean, et en lui jetant ses bras au cou.

— Chut ! Il ne faut ni parler ni

remuer, mon petit ami, dit le docteur, qui achevait de le panser. Si vous êtes obéissant, vous serez bientôt guéri; mais si vous ne l'étiez pas, je ne répondrais de rien.

Ce n'étaient pas les deux blessures de la tête qui inquiétaient le docteur; mais l'évanouissement prolongé de l'enfant lui faisait craindre que sa chute n'eût occasionné quelque mal intérieur beaucoup plus grave que celui-là.

Ses craintes augmentaient encore vers le soir; car une fièvre violente s'était déclarée. Toute la famille, y compris Marguerite, entourait le lit de Léon, et Fanny était si triste, si accablée, qu'elle faisait peine à voir.

— Il ne mourra pas, n'est-ce pas? demandait-elle à chaque instant à son père et à sa mère.

— Je l'espère, répondaient-ils, si tu pries Dieu pour lui de tout ton cœur.

Elle allait s'agenouiller dans un coin, pour réciter tout ce qu'elle savait de prières, et elle ajoutait tout haut :

— Mon Dieu, guérissez mon frère, je vous en prie....

— Tu l'aimes donc bien, ton frère, que tu as si peur de le voir mourir? lui dit enfin M. Maujean, en l'embrassant avec tendresse.

— Oh! oui, papa, je l'aime, répondit-elle, et s'il mourait.... oh! s'il mourait, papa....

Et elle fondit en larmes, sans pouvoir achever sa phrase.

— Calme-toi, chère petite, reprit l'officier; puisque tu aimes tant ce pauvre enfant, le bon Dieu t'écoutera.

— Ah! papa, si tu savais!...

ajouta-t-elle en joignant les mains.

— Si je savais quoi? demanda le père attendri.

— Tu me parlais tantôt de Caïn et d'Abel.....

— Oui, mais je vois bien que j'avais tort; je ne t'en parlerai plus.

— Non, papa, tu n'avais pas tort.... Si Léon mourait, je serais maudite comme Caïn; car ce serait moi qui l'aurais tué.

— Que veux-tu dire? demanda M. Maujean effrayé.

Fanny raconta alors ce qui s'était passé. Ses sanglots l'interrompaient à chaque mot, et elle était si réellement affligée, que son père et sa mère ne purent s'empêcher de la consoler.

Elle veilla jusqu'à minuit près de son frère et elle ne se décida à se coucher que quand Mme Maujean lui assura qu'il était mieux. Elle pria de tout son cœur jusqu'à ce qu'elle s'endormît, et la première chose qu'elle fit, en s'éveillant, fut de prier encore.

Elle s'habilla et descendit sans faire de bruit. La porte de la chambre de son frère était ouverte, elle y entra et s'approcha du lit, dont elle écarta doucement les rideaux.

— Bonjour, Ninie! lui dit Léon.

— Ah! mon Dieu, il parle! s'écria-t-elle avec un transport de joie. Tu es donc guéri, mon petit Léon, quel bonheur! Si tu savais combien j'ai pleuré hier! J'avais tant de peur de t'avoir tué....

— Tais-toi donc, Ninie! dit Léon; maman pourrait t'entendre. Il ne faut pas qu'elle sache que c'est toi qui m'as poussé. Elle te gronderait peut-être, et je ne veux pas qu'on te gronde à cause de moi.

— Elle sait bien que c'est moi qui t'ai poussé, je l'ai dit hier, et elle ne m'a pas grondée, parce qu'elle a vu que j'avais beaucoup de chagrin.

— Et puis, tu ne l'avais pas fait exprès pour me jeter du haut en bas de l'escalier, tu n'es pas si méchante.

— Oh! non, bien sûr. Mais je n'ai pas toujours été bonne pour toi, Léon, je ne l'ai jamais été, parce que.... parce qu'il me semblait que papa et maman t'aimaient trop. Mais à présent je serai bonne, va, je serai complaisante; nous jouerons ensemble, je te prêterai mes livres d'images, je ferai tout ce que tu voudras.

— Bien vrai, Ninie? Ah! que je suis donc content d'être tombé, et

de n'avoir pas été tué! Dis donc,
Ninie, est-ce que tu voudrais m'apprendre à lire, en cachette de maman, pour lui faire une surprise le
jour de sa fête?

— Je ne demande pas mieux.
C'est une bonne idée que tu as eue
là, mon petit Léon ; maman verra
que nous nous aimons comme deux
enfants du bon Dieu, et elle sera
bien heureuse.

— Papa aussi, et Marguerite, et
tout le monde.

— Ah! c'est que tu ne sais pas,
dit Fanny redevenue soucieuse,
Marguerite part aujourd'hui; maman le veut.

— Oh! non, tout est changé,
Marguerite a demandé de rester
jusqu'à ce que je sois guéri, et je
suis sûr qu'elle ne s'en ira pas, si
nous la prions de ne pas nous
quitter.

— Non, je ne m'en irai pas, mes enfants, dit Marguerite, qui s'était tenue cachée derrière les rideaux du lit. Je vous aime autant l'un que l'autre à présent; et si Fanny était encore jalouse, ce serait Léon que j'aimerais le mieux.

— Je ne le suis plus, va, ma bonne, et je ne le serai plus jamais, parce que je ne veux pas offenser Dieu, ni faire de la peine à papa et à maman.

Léon prit ce jour-là même sa première leçon de lecture, et sitôt qu'il entendit le bruit des pas de sa mère, il cacha son livre sous son oreiller. Le lendemain il put se lever un peu, et avant la fin de la semaine il était complétement guéri. Mais sa sœur continua d'être pour lui une maîtresse si douce et si patiente, que, quand arriva la fête de Mme Maujean, il put lire,

sans faire une seule faute, un petit
compliment que Fanny avait écrit
et qui finissait ainsi :

« Nous serons toujours si bons
et si sages, que tu seras bien em-
barrassée de savoir lequel des
deux tu aimes le mieux. »

FIN.

Rouen. — Imp. MÉGARD et Cie.